박주영 제2시집

다시, 바람앞에 서다

저자 박주영

도서출판 곰단지

목차

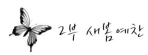 2부 새봄예찬

목차

3부 시와 동행하다

4부 수채화처럼 살고 싶다

시가 내게로 안긴지 어언 25년이 넘었다. 맨발로 혼자 가야 할 오랜 여정의 꿈, 가끔 세상에서 지칠 때마다 시가 피곤한 마음을 정제시켜 스스로 평온을 되찾아 주고, 아무도 오지 않는 황토밭에서 한 뙈기 밭을 일구며 푸른 하늘을 껴안는다.

날마다 생각의 커튼을 조심스럽게 열어

마음 맞대어 심오한 뜻 헤아리며 정성을 다한 시어들과, 소리 없는 한숨 내뱉으며 노을진 뚝방 길을 걷고 또 걷는다.

때론 욕심 없는 학춤을 홀로 추면서 모난 성품 보름달 되기까지 쓴 눈물 '꺼억 꺼억' 토해내고 평온한 외로움을 즐긴다.

오늘도 마음 닿지 않는 거리에서 별 밤 지켜내며 겹옷 사이 스산한 바람 머금고, 깊은 잠을 청해 봐도 언어들의 푸른 속삭임에 밤새도록 등불을 끄지 못한다.

25년 동안 모아온 부족한 내 시와, 생활 속에서 틈틈이 찍어
두었던 사진과, 오랫동안 그려왔던 서양화들을 한곳에 모아
예쁜 시집을 만들어 주신 이화엽 곰단지 대표님께 깊은 감사
드린다.

2019년 8월 어느 날
시인 박 주 영

1부
바다는 비에 젖지 않는다

풀꽃(단시) 외 18편

강물을 받아들인 바다는
만삭의 달이 뜨는 하늘가에서
명상 끝에 고요함을 얻어
긴 백조의 날개를 펼친다

풀꽃

불볕 서걱대는 곳에서
온 몸 태우는 침묵을 껴안고
젖은 땅 골라 밟는
줄기와 이파리들

서로 엉켜 잘살아 보려
허공 위로 손을 뻗고
마음의 그늘을 넓게 드리운다

사는 일이 팍팍할 때마다
잔잔한 걸음으로
남몰래 눈물 눌러 참고
안으로 다독이는 빛

소소소 부는 바람에
쥐었던 꿈 다시 펼치며
화들짝 깨어나는 가슴
꽃봉오리를 터트린다

순종

봄 상자 속에 쌓아둔 향기
꽃들의 시샘까지
꾸밈없는 들꽃으로 살다가

달빛 위에 앉은 새 한 마리
바람에 업혀와
풀잎 소식 조곤조곤
내 가슴 기쁨으로 뛰놀고

반백의 머리
원앙금침 물결
신혼 햇살의 서약처럼
깊은 곳에 비친 눈망울

바람의 언덕에서
혹한을 견뎌낸 수선화
땅속 지열을 끌어 올려
선한 꽃망울 맺는다

행복 스케치

콩닥거리는 가슴으로
함께 나누었던 몇 마디
회상의 목소리

오솔길 걷고 싶던 그 곳에
낙엽들이 사랑에 빠지고
찬란한 햇살 위에
그대와 함께 있게 하라

기웃거리는 기다림이
즐거워지는 것은
마음 뜰 안 가득 들어앉은
그대를 고이 간직하고 품이라

2월의 노래

잔설을 껴안은 들판에서
누군가를 기다리다
외로움이 홀로 영그는 날

속삭이는 별 꽃 하나
높은 곳에 올려 놓고
삭막한 대지를 깨우면

차거운 심장 설한 속에도
홍매화 꽃눈은 피어올라
빈 가슴 속 빗장을 열어주고

성급한 마음
그리움이 손짓하는대로
차분차분 꽃 마중 나간다

마음 속 정원에서

한 송이 비바람 맞으며
외롭게 꽃잎 피우던
내 삶의 빈터
고즈넉한 정오에

노을빛 구름의 손짓으로
한 마리 새처럼 날아와
애틋하게 피워낸 꽃밭
내 이름 부르는 당신

그대 가슴에 쌓인 눈물 한 줌
던져버리고
정 깊은 나뭇가지에 순한 달빛으로
오랫동안 거닐 수 있도록

오직 한 사람만
비옥한 가슴에 가꾸게 하소서
그대 향한 그리움도
첫눈처럼 그칠 날 있으려나

소나기

하늘 떠도는 구름
태양의 눈 감추려
천상에 두 손 모으고

한계점에 도달한 나무들이
더 이상 자라기 멈추고
이파리를 죄다 드러낸다

바람이 심술부린 자리
침묵을 서늘하게 흔들며
사선으로 뛰어내리는 빗줄기

볼그레한 복숭아나무가
제 몸 흔들어 아우성치고
왁자지껄 숨 쉰다

복숭아 나무

잔설 툭툭 털어내며
체온 같이 나누던 나뭇가지와
수줍은 눈망울 감추는 꽃눈
쪽빛 청정 하늘가에
소복이 향기 퍼 담고

가슴 한 켠 꼬깃하게
한 두 방울 눈물까지 모아
머릿속에 붉게 새겨둔 이름
그대 발자국 위에
이름 없는 편지 보낸다

기다리다 지친 맘으로
서로의 마음에 찬비 내려도
꽃 여울 속 가슴에
그리움의 새 집 짓고
석양빛 노을 스며든다

눈물의 끝을 따라 걷다가
선한 꿈 일렁이는 날
입가에 따스한 미소로
봄을 다지는 꽃눈들

새움 돋는 이 아침
오~ 그곳에 봄님 오시려나
분홍빛 꽃망울
방긋거릴 날 발아래 와 있다

바다는 비에 젖지 않는다

잔잔한 수면 위로
큰 바람 다녀가신 뒤
파도는 거친 두근거림 안고
내 안을 자주 들락거리고

후두둑 때리는 소낙비에
맑은 정신 산소 찾아
지극히 낮은 빛으로
거울 속 기억을 지운다

강물을 받아들인 바다는
만삭의 달이 뜨는 하늘가에서
명상 끝에 고요함을 얻어
긴 백조의 날개를 펼친다

억새 꽃 당신

정직한 땀 냄새 풍기는
노동의 피 흘린 굴뚝 위에서
마음 닫아 두었던 지난 날

센 바람 불어와
아픈 세월 애써 피하고
무심한 겨울밤을 지새웠다

저녁노을 뚝방길에서
바람의 몸짓으로 울먹이다가
새로 찾아낸 별꽃과
따스한 눈을 맞추고

서로의 가슴 눈물 적시며
모든 것을 내어 주고
가만히 등을 토닥인다

내 안의 그림

분홍빛 하루를 세던 날
창세기 별을 바라보다가
하얀 여백의 켄버스 앞에
무릎 꿇고 앉는다

굵은 바리톤으로
악보도 없는 노래 부르며
돌아돌아 가는 미지의 세계

밤마다 창가에 앉아
백야를 꿈꾸며
생각을 붓으로 클릭하고

내 혼이 잔잔한 숲속에
이를 때까지
풍경 속으로
훌훌 마음을 던진다

춘풍 예감

봄빛 다녀가신 곳에
꽃망울이 잠에서 깨어나고
선량한 마음 일으켜
기쁜 생각 말아올린다

훈훈한 바람 앞당겨
하늘 꽃무늬로
노을져 성큼 다가오신 님
등을 감싸 토닥거리고

밝은 여명 앞에
서로 따뜻한 포옹으로
내면의 향기 가득 채우고
붉은 꽃 벙글어 피어난다

농부 예찬

참새들이 합창하는 아침
흙과 함께 시름 잊고
땀방울로 마음 삭히며
웅성웅성 모여 사는 사람들

도라지 꽃밭에
흰 나비 떼가 날아다닐 때
초록 이파리 위로
굴러다니는 이슬방울들

떠오르는 아침 해와
꽃 이파리 따내면서
서로 바라보면
그대 거기 따뜻한 손

기다림을 습성처럼 품어
곱던 기억만 손에 꼭 쥐고
마음 속 기쁨 끌어안는다

겨울 소야곡

초록이 사라진 창가
휑한 자작나무 빈 가지에
수심이 켜켜이 쌓인 밤

망태기에 담긴 그리움
날개 달아 하늘 날다
작은 마음 뜨락에서
조용히 쉬어가는 새 한 마리

가슴으로 안는 설레임
가장자리 살얼음이 풀리듯
그윽한 기쁨 일렁이고

하얀 속살 드러내며
사무침 받아들일 때
옷섶을 파고드는 솔바람이
기척 없이 다가온다

시의 나라

침묵 속에 소실점 잃은 언어와
감성의 문으로 들어오는 문자들이
아픔을 참아내며
얼마나 더 외로워야 시가 되느냐고
묻는다

돛폭 가득 바람을 안고
감춰둔 깃 폭을 펼쳐 보이고
허리뼈가 휘도록 흔들릴 때마다
세상의 회초리 그 길을 따라
시 안에 나를 눕혀서

날마다 힘에 부친 꿈을 안고
외로움이 헛헛하게 쌓여도
하루를 든든히 견딜 수 있는 시가
내게로 안기면
요술처럼 구슬려 활자를 살려 낸다

봄바람이 조금만 건드려도
마음에는 앙상한 기억만 남고
낙엽처럼 스산하게 떨어져
빈 들녘 볏단처럼 놓여져도

아찔한 벼랑 끝에서 푸른 초원을 만나
태평성대 향기로운 피리소리에
착한 감동 하나 걸어놓는다

아직 못 다한 노래의 씨앗을 품고
가난해도 높고 쓸쓸하게
슬픔까지 넉넉하게 허락하고

드디어 상처가 정신의 밥이 되고
재산이 되고
마음이 가난한 사람들의
큰 밥상이 되리라

하얀 여백 속에
광대한 시간을 저장해 놓고
세상 끝나는 날
아린 가슴속에 넣어두었다가
시 속에 풍덩 뛰어들어
따스한 천년의 눈송이 되리라

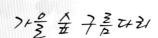

가을 숲 구름다리

스치는 바람이
그리운 가시로 남아
눈시울 적시고

폭풍우 지나 찾아 온
멀고 먼 순항 길
보름달 환하게 맞고

연꽃 향기 단정하게
순결한 숨 고르며
민들레 푸른 하늘가에
고은 정 띄워 보낸다

보리수 열매

허공을 떠돌던 바람이
한 점 더 밝은 곳에서
설레임으로 다가오던 날

선한 입김 불어 넣어
빈 가슴 허무를 채우고
꽃잎으로 그늘 만들더니

붉게 향기 품은 열매들
여름을 소담스럽게 받치고
환희의 노래가 울려퍼진다

그늘의 고요함에
생각 실어내는 풀벌레
참 언덕에서 빈 마차를 달려
그대에게 향기라도 실어 보낼까?

초롱초롱 꽃마음

신선한 기운 머금고
깨끗한 소리만 주워 담아
귀를 더욱 두텁게 세우는
세살박이 손자는

따뜻한 포옹으로
새움 돋는 아침
맑은 꽃샘 찾아
창공에 초록빛 날개를 단다

옹알이 말더듬이로
하얀 꿈 건져 올려
아장 아장 뒤뚱 걷다가
꽃망울 생긋 방싯거리고

안개가 소롯이 피어나는
청정 하늘가에
청아한 별꽃을 매달고
생각을 깜박인다

침묵의 방

별일도 아닌 일에 목이 메어
해종일 밖으로 쏘다니다가
사람들과 손을 잡고 헤어지는 사이
그리움은 등 뒤에 숨어 버리고
으레 지는 일에 승부를 걸다가
외줄을 탄다

세상 밖 꽃들은
어디선가 제 키를 키우겠지만
오늘은 조용한 소리 방안에
가득 들여앉혀
오롯한 삶 펼쳐진 그림 속으로
들어가
함박 웃음 한 가닥 걸어 놓는다

하찮은 시간들을 모은
안옥한 성안에서
피곤을 덜어 하루를 지내며
한없이 즐기는

정신의 혼자 놀이
꿈속에서 귀 띔 해주던
어머니 조용한 미소가
위험으로부터 나를
슬그머니 피신 시켜주고
물의 안쪽에 살고 있는
평안의 존재들이
휘파람 불던 지난 언덕을
기억해 낸다

생각의 그늘을 더 이상
키우지 않겠던 나만의 약속에
한없이 불편해진 마음까지
내려 앉히며
새들 품 같은 잠속에 술술 빠져든다

폭포는 울지 않는다

절벽 아래
거꾸로 부딪쳐야
더욱 세차게 솟구치는 힘

순정한 물방울들
맑은 호수에 이를 때까지
별들의 파편을 안고
시 속으로 마음을 던진다

2부
새봄 예찬

겨울새 外 18편

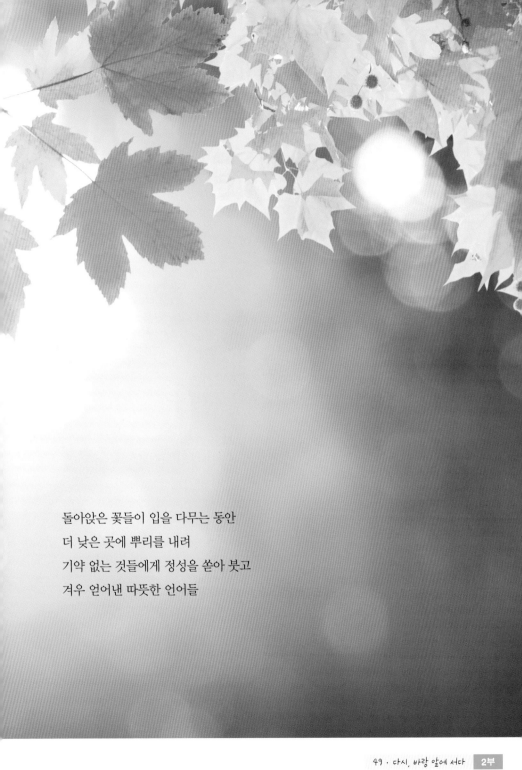

돌아앉은 꽃들이 입을 다무는 동안
더 낮은 곳에 뿌리를 내려
기약 없는 것들에게 정성을 쏟아 붓고
겨우 얻어낸 따뜻한 언어들

겨울새

잎새 떨궈낸 자리에
하얀 눈 채곡히 쌓이면
삶의 엔진 잠시 꺼놓고

좋은 생각 머리 맞대어
숨기고픈 것 하나까지
상념의 매듭 풀어낸다

소나무 숲에 흰 눈 내리면
호롱불 아래 언 볼 부비시던
주름진 어매 얼굴 그립고

가난한 내 차창 가
바늘 촉 같은 세상 속에
사랑할 시간만 남겨둔다

살풀이

생의 닻을 내린
쓸쓸한 무덤가에서
사무친 지난날
눈물 되어 흐르면

옥양목 저고리
소맷자락 흩날려
고난의 세월 풀어 헤친다

애당초 안 될 일
무거운 업보의 발길
살얼음 풀리듯 녹이고

이승의 그림자 태워
설움이 아물도록
하늘길 열어
흰 꽃으로 피어난다

마음 속의 별

헛물만 켰던 바다였다
하늘에 별꽃 심어 놓고
구부러진 길을 선택한 나는

스스로 자애로운 품 안에서
지난 세월 곱게 물들여
홀로 꽃잎 벙글었다

한 방울 눈물로 빚어낸
서글픈 진주의 전설
새 별꽃의 서러운 이야기에
순한 고개 끄덕여주고

침묵을 껴안은 텅 빈 공간에서
외등에 새 별꽃 하나 매달고
따사로운 향기를 품는다

봄날이 간다

목련꽃 벙그는 한 나절
흔들리는 채송화 길 따라
배꽃의 수줍음으로

막막한 길 위에
내동댕이쳐진 발목
가시방석에 얼룩진 피멍울

스스로 갇힌 감옥에서
실꾸리에 걱정 감아올리고
무 시래기처럼 울다가

산벚나무 회오리 바람에
떨어지는 꽃비 맞으며
인연의 꽃 마중하고
청순한 눈물 씻어 내린다

어머니 내 어머니

눈 밝아 젊은 날
냉수 한사발로
천둥같은 가슴 가라앉히며
손금이 지워지도록
풀뿌리를 뽑고

몸부림 치는 세월의 언덕에서
자식들 키워내느라
서러움을 둘둘 말아
가슴 깊은 곳에 숨겨 두고
시린 어깨를 들썩이며
마음은 늘 한뎃잠을 주무셨습니다

돌아보셔요 어머니

팍팍하게 걷던
내 인생의 모퉁이에서
구름의 딸이 되어
오래도록 비를 맞고 떠돌 때
당신은 가진 것 다 주고도 모자라
뜨거운 심장이라도
꺼내 줄 것 같았지요

들으셨나요

진흙 속에서도 연꽃은 피어나 듯
생각만은 솔잎처럼
늘 푸르게 살으라던
당신의 소리 없는 외침을

부디 잊지 마셔요 어머니

내 가슴 속에 큰 산 하나 옮겨주신
그 참 뜻을
이 딸이 오래도록
간직하고 있다는 것을
당신으로 인해 어둡던 마음이
박꽃처럼 환하게 밝아졌다는 것을

새봄 예찬

봄바람은
해묵은 씨앗 한 알 움터
기쁨 한 송이 피워내고

함박 미소로
첫 발걸음 떼어놓으신 그대
높은 하늘에
분홍 꽃 미소 띄운다

백령도

새떼들 떠나버린 바닷가
센 바람에 시달리는 갯바위는
수평선 너머 너울 잠재우고

파도의 시련 깊을수록
모래성 큰 산 이루며
해오름에 잠겨 출렁인다

갯내음에 취해 사는 해초와
뻘밭에 앉아 있는 조개들이
내 이야기 귀담아 듣고

그물에 걸리지 않는 바람이
휑~ 자리를 떠나버려도
긴 한숨소리 내뱉으며
아픈 지난 세월 다독인다

가지치기

하늬바람 언덕에서
한설 녹인 나무는
초록의 꿈 소망하며
땅속에 잔뿌리 키웠다

심연으로 성숙시켜
화냄도 미움도 원망도
출렁이던 감정의 늪도
밖으로 쳐내버리고

미천함을 뿌리채 흔들어
고운 눈물 서럽게 울던 날
살아남은 나뭇가지들이
생의 향기로 방싯거린다

선물

하루하루 황혼이 속살거리는 봄길
꽃으로 불러내어

지난 청춘 활짝 펴 보이고
신의 품 속 심연으로 떠오르는 안개
처녀 젖가슴처럼 설레다

서로 하나 되어
인연의 향기로 퍼져 오를 때
푸른 하늘의 구름은
누구의 가슴 뜀일까?

수석

고달픔을 등진 세상
미움의 강물따라
회한 몰고 온 돌덩이
어두운 밤 돌아
고행의 해풍과 맞서고

그리움의 잔상이 뚜렷할수록
봄꽃 몸살로 뼈가 시려
참선으로 나날 보내다가

물가에 바람 일 때마다
태양빛을 알몸으로 받아
아픔의 세월 애써 피하고

마음은 바다로 출렁이지만
지난날 곱게 빗질하여
하늘을 뜨겁게 포옹한다

초등학교 교정에서

오래 전 떠나온 기억
맘 한구석에 걸쳐두고
추억의 운동장 걷는다

고만 고만한 웃음소리가
교실 창가에 걸려 있는데
산야초 열매 같은 눈망울들은
어디메쯤 꼭꼭 숨어버렸나
지난 생각 한 뼘씩 새겨본다

홀연히 서러워지는 커튼 사이로
초목의 향기 팔락거리던
긴 복도 끝에서
시안(詩眼)으로
환하게 밝아지는
회고의 길목

도란거리던 지난 설레임은
저만치 멀어지고
찰라 삼매경에 빠진
텅 빈 그림자 밟는다

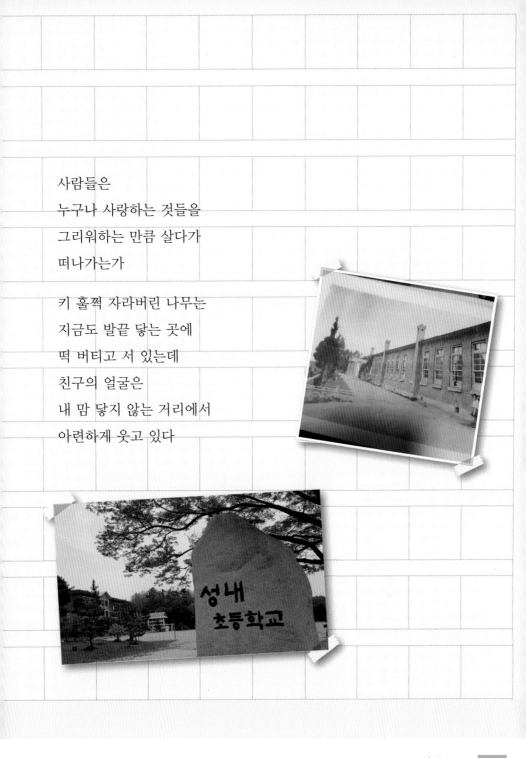

사람들은
누구나 사랑하는 것들을
그리워하는 만큼 살다가
떠나가는가

키 훌쩍 자라버린 나무는
지금도 발끝 닿는 곳에
떡 버티고 서 있는데
친구의 얼굴은
내 맘 닿지 않는 거리에서
아련하게 웃고 있다

떠난 빈자리

작은 방 창가 벽 속
하얗게 정지 된 사연
멀리 일몰 속에 잠들고

꽃잎 아픈 자리
꾸역꾸역 설움 삼켜도
남겨진 깊은 상흔
달빛 잔영 쌓인다

눈물 차오르는 밤
깊은 발걸음으로
홀씨 된 애달픈 생각

맑은 인연으로 영근 씨방
고요가 익어 빛이 되고
흔적만 홀로 토닥거린다

열매들의 합창

갈증으로 목마른 씨앗들이
하늘빛을 흠뻑 마시며
가슴에 묻어 둔 싹 틔우고

콩닥콩닥 두드리는 빗소리에
꽃잎 벙글어 피고지고
가지마다 악보 매달아
꽃대궁 만들더니

온 힘을 다해 맺은 열매가
마음속에 조롱조롱 열리고
함박웃음 터트린다

내일의 푸른 약속
봉긋한 꽃섬에 배 띄우고
그 훤한 꽃자리
새들도 함께 따라 웃는다

쇠북소리

날마다 비를 맞는 사람은
찬 서리 털어낸 자리에
위로 받지 못한 눈시울 적시고

오래 간직한 태고의 정기
아침 햇살 커튼 사이로
시비가 끊이지 않는 그 자리

뱃길 막힌 강물은
산과 골을 일으켜
긴 생각을 되새김질 하고

고삐 조이는 아픔
되풀이 되는 서러운 심장의 파동으로
쇠북이 운다

다시 바람 앞에 서다

흔들리는 길 따라 걷다가
막다른 골목에 들어서면
바람은 어느새 목을 길게 빼
달아나 버리고
구겨진 생각들을
해장국 한사발로 풀어내고도
별과 별 사이 헤집고 다녔다

지난 기억들 회오리처럼 떠올라
어느 것도 위로가 되지 않을 때
우물 앞에서도 늘 목이 말라
가슴이 무너져 내리는 나는
물의 출발지가 어디인지도 모르게
흘려 보냈다

돌아앉은 꽃들이 입을 다무는 동안
더 낮은 곳에 뿌리 내려
기약 없는 것들에게 정성을 쏟아 붓고
겨우 얻어낸 따뜻한 언어들

보도블럭 틈으로
얼굴 내미는 제비꽃처럼
숨 가쁜 벽 기어올라
흙먼지 툭툭 털며 일어서고
아직 살아 남은 꿈들을 구슬에 꿰어 만든
한밤의 오페라는
더 이상 꺼지지 않는다

지금도 어느 낯선 길목에서
서성이고 있지만
칼끝을 갈아 청풍 바람소리
다시 일궈내고
언젠가는 마음 따뜻하게 뎁혀 줄
그대위해
오늘도 나를 빈 항아리로 놓아둔다

홍매화

눈 시린 가지
그대 체취에 전율하고
간절하게 붉은 마음
퍽 터지는 꽃 봉우리

한마음 구도의 길

봄 날 푸른 청새는
손잡이 없는 마음 기둥 세워
호흡으로 하늘 벽을 뚫고

걸림 없는 향기로
별 끝에 정신을 매달아
바람 불어도 꺼지지 않는
촛불을 스스로 밝힌다

육십년 기울어가는 세월
철없게 애달픈 눈물까지
그대 넓은 촉감에 기대어
샘물처럼 깨어나는 빛

들뜸 없이 걸어온 길에서
마음 하나로
우주와 세상을 조절하고
지난 생애 한 꺼풀 벗겨낸다

효정이와 강낭콩

봄꽃들이 서성이는 마당에서
연분홍 꿈 한 줌 쥐고서
고스란히 바람을 끌어 안는다

강낭콩 새싹을 텃밭에 옮겨 심고
신비의 눈빛으로 반기는
여덟 살 손녀 푸른 날개의 꿈

어느 오후 한나절
소나기가 세차게 지나가더니
흙을 밀어내어 싹의 키를 키우고
꽃망울이 잠에서 깨어난다

처음 설렘의 기억으로
넓어진 초록 이파리 세어보며
마루턱에 걸터앉은 동심의 꿈이
새 봄의 훤한 아침을 맞는다

그대 멀리 있는가

헬 수 없는 아득한 거리에
홀로 갇힌 나뭇잎
길을 잃고 웅크리고 앉아

첼로처럼 팽팽히 당기는
쓴 약 같은 말로
서러움이 들어와 박히고
미동 없이 서 있는 눈사람

마음에 찍힌 발자국 따라
밤이 서럽도록 울던 날
하늘도 얼어버리고
기억 속으로 잊히진 이정표

서로 다툼이란
벅찬 감정을 크게 나누는 것
내 마음 속 낚싯대를 던져
그대 맘을 수배하리라

3부
시와 동행하다

아버지의 지우개 外 16편

돌아앉은 꽃들이 입을 다무는 동안
더 낮은 곳에 뿌리를 내려
기약 없는 것들에게 정성을 쏟아 붓고
겨우 얻어낸 따뜻한 언어들

아버지의 지우개

요양원 장막 뒤에 숨어서
두터운 벽면에 맘 기대어
지난날 어둠을 삼키고

순백의 나목으로
촛불 아래 애절한 기도
허툿한 웃음 짓는다

허공처럼 넓은 가슴으로
독백 속에 뱉어 낸
사라져버린 조각 퍼즐

외로움의 끝자리에서
귀 닫고 눈 감아 지켜온 세월
과거의 꿈 지우개로 지운다

당신에게 가는 길

불꽃으로 가슴 태우며
이제 마주 잡은 두 손
수만개의 촉수에
마음의 불을 밝히고
따뜻한 가슴을 피워 올리네

비워가는 술병처럼
모든 것을 서로에게 다 주고
밤새워 다독거리며
걸어가야 할 그 먼 길

파도처럼 출렁이는
세상 속에서
잊혀지지 않는
새로운 의미로 태어나
별이 가득 담긴 항아리에
푸른 꿈을 담네

진정한 사랑이란
서로가 서로에게
참된 영혼의 눈뜸이라는데
살뜰하게도 첫마음을 지켜내어
과일향처럼 닮아 익으려하네

오늘 이 길을 여는
두 사람의 어깨 위에
사랑의 노래가
저 하늘에 출렁이고
하이얀 축복이 반짝이고 있네

하늘 끝까지
영혼으로 울려 퍼져
눈부시게 빛나고 있네

수행

정신의 여백이 마른 곳에
마음을 반듯하게 심어 놓고
빈 허공에 길을 낸다

잠자는 혼을 일깨워
고삐를 한곳에 메어두고
온전한 쉼으로
참 나를 바라본다

푸른 심장 눈 뜨다

흰 죽 한 그릇 밑천 삼아
가슴에 맺힌 단호한 선언
파랑새 하늘 닿도록
날고픈 소망

간혹 놓쳐버린 기억 속
흰 구름 쫓아
푸른 바다 위를 산책하고
천 길 물속을 들여다보면

폭풍이 지나간 자리
그 고요함 속으로
천진한 아이들의 웃음소리

마음 속 키워둔 정원에서
출구를 찾던 나비 한 마리
불빛 찾아 날개를 펼친다

뼈아프게 후회하다

오른손 엄지 손가락이
구부려진 채 펴지질 않는다
방아쇠 수지병이란 진단

시간 틈바구니 속에서
상처 입은 삶을 안고
나를 이기려고만 했던 세월

컴퓨터 좌판 위에서
손가락 몇 개로 문자와 싸우며
우주의 중심까지
놓치지 않으려 했던 미련함

내 안의 참 나침판을 바라보며
그 존재만으로 기쁨이 되어준
엄지의 고귀함에
꾸~벅 사과 인사 올린다

풀꽃

키를 낮춘 땅바닥
한숨조차 골라 쉬며
꾸~욱 다문 꽃잎들

세상 물결 힘들 때
푸른 심장 소리 담아
그 뿌리 힘으로
깊이 성숙하는 혼

강물이 우는 소리를 내다

날 선 바람이
콧등 시린 민낯을 스쳐
옷깃 여미고
삭풍의 길을 걷는다

2월의 찬바람은
벌판을 뒤집어 놓고
엎치락 뒤치락 눈발을 날리더니
밤새워 서리꽃 피워내고

맑은 물살 얼어버린 강물은
맘 속 깊은 곳에 웅크리고 앉아
쩌렁쩌렁 우~웅 울부짖는다

기억의 터널 훤한 곳
내면 깊숙이 쌓인 할 말들
눈꽃 향연으로 두 귀 적셔
사무친 그대를 받아들이고

믿는 만큼 기다림의 여유로
무심하게 깊어진
진실이 울리는 너그러운 공감

강물은
애처롭게 새봄을 잉태하고 있는가
샛강 저 아래로
흐르는 물의 끝은 어디일까?

봄바람 속으로

쓰디쓴 눈물 삼키며
세월을 떠돌던 구름은
마음 넓은 치마폭에 안겨
푸른 하늘 반기고

숨 쉬 듯
지나버린 생의 그림자 따라
발꿈치 치켜세워
솔향기로 포옹하다가

지지 않는 자태 뽐내며
정진하는 열매 맺으려
꽃마차를 달린다

가로등

구름결에 실려 보낸
그리움의 뒤안길에서
시린 겨울 기억 너머
따스함을 귓전에 소곤대고

생각을 걸러내어
뚜렷하게 내린 붉은 열정
무지개 새 빛 떠받들어
다시 떠오르는 꿈

마음 속 아름다운 그 곳에
상념을 커피 잔에 축이고
선한 바람 일으켜
빛나는 새벽 별을 맞는다

겨울 동백

백설 위 핏빛 투명한 꽃
심술궂은 바람에 떨궈
마디마다 여과된 성숙함
찬 서리 향기 품어
온순한 쪽으로 기우는 중년

시와 동행하다

가슴 깊은 뿌리 흔들어 깨우던 날
삶 속에 파고 든 찬란한 시는
너무 낮아 뛰어 내릴 곳도 없는 곳에
외로움을 고스란히 적어 내린다

빈 방에서 턱 괴고
상상의 동굴 속에서 숨을 쉬며
알아주지 않는 언어들을 품에 안고
화를 펄펄 끓어 올리다가
냉 보리차 한 잔으로 속을 달랜다

착잡한 마음까지 착착 개켜
정신의 하늘가에서 시를 노래하다가
생각이 방전되어 버리면
산골에서 조용한 곳만 골라 내딛고
자신과 화해의 악수를 나눈다

오늘도 아킬레스건을 안고
직립보행으로 당당히 걷다가
꽃 피는 봄 마음처럼 설레도록
상상의 모자를 둘러쓰고
어제와 똑같은 길을 나선다

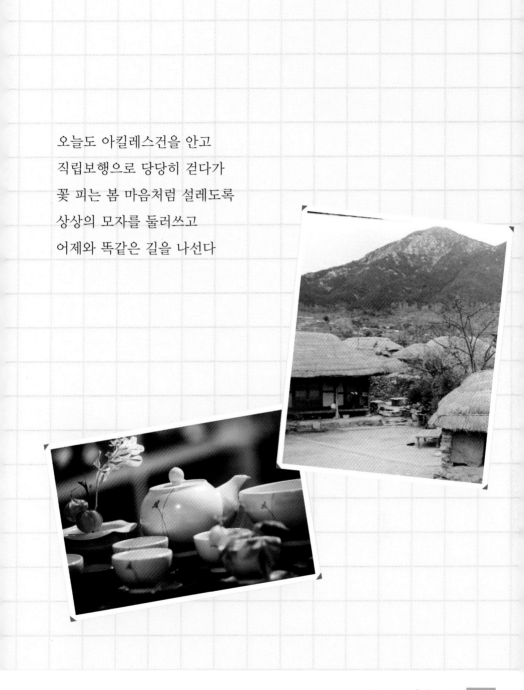

새싹

껍질 속 알갱이
맘속에 품은 불꽃
남몰래 눈물 눌러 참고

모진 시간 간절하게
기다리고 엿듣다가
출구의 빛을 찾는 얼굴

봄꽃 훤한 날
처연하게 간격 넓혀
우주의 땅을 가른다

그대에게 가는 길이 없다

달빛이 몰려들던 밤
그대 그림자 끝에
미움을 퍼붓고 돌아서서

무관심이 남긴 상처로
쌓인 흰 눈 위에
얼어붙은 발자국 소리

안개비 속살거림으로
생각을 뒤져
포근한 마음을 열어도

억새가 흔들리는 언덕
바위의 우직함을 버티며
그리움이 단풍 되어 떨어진다

석류 나무

어느 집 담벼락에 기대어
굳게 입 다문 채
목마른 생각으로
바깥 세상 기웃거리다가

온 몸 가득 꿈을 안고
튼실한 결실 맺어
깊은 생각을 밀어 올린다

마음 깊은 곳에 일던 갈증
오랜 세월 맨살로 버티며
산고 끝에 태어 난 몸

생을 반으로 가르는 순간
실컷 붉은 얼굴 내밀 때
피 맺힌 가슴 뚝뚝 짓눌려
가닥가닥 벗겨지는 속살

개기월식

어둠이 쌓이는 밤
은하수 춤추는 곳에서
우주를 받치고 있던
해와 지구와 달 사이

보름달은
구름 위 방주를 타고
밤하늘 헤치며
초승달을 불러들이고

해 뜨는 길목에서
노을 지는 그곳까지
맞닿은 기도소리

밤마다 눈물겹던 별들이
세상을 향해
울컥 한숨 쏟아낸다

나에게 너는

딸아 너는 나에게
매일 선한 바람 일으키는
착한 양처럼
청정한 하늘을 깨워
커다란 웃음꽃 만들었고

고운 시간 모아
다정한 눈맞춤으로
열정을 마음 안에 숨겨두고
목마른 가슴을 보듬었지

심한 바람의 흔들림에
별의 꿈 눈물로 삭이며
서러움 다독거려
기쁜 생각을 말아 올렸고

결혼이란 둥지 찾은

새 창가에 달이 뜰 때마다

환한 미소로 돌아서서

아쉬움을 한아름 껴안았던 너

하늘 속 숲길을 걷듯

세월 속에 한숨 올려놓고

애틋한 속 정 나풀거리는

너는 나에게 고운 그리움이야

하늘 끝 나라

시에 기대어 한세상 살다가
거꾸로 매달려 꽃을 피워내고
새들의 날개 빌려 날고 싶은
그 곳

미처 부르지 못한 노래 부르며
소란한 둥지를 떠나는 날
잡음 없는 울림으로
가슴 속 시계추를 떼어내리라

4부
수채화처럼 살고 싶다

소숫점을 찍다 外 16편

한줄기 소나기 같은
봉황새 한 마리
깨끗한 베옷자락 건네주며
그리움을 수틀에 짜내고

소숫점을 찍다

소슬바람 향기 따라
시간의 가느다란 결 속에
한숨이 송골송골 맺히고

날마다 가슴에 뜨는 별 꽃
핑크빛 순정 바람에 날려
석류처럼 터져버린 웃음

최초의 심장 간직한 소년처럼
두 무릎 꿇고 마음의 길 열어
발그레한 열정 내려놓는다

그대 향기로 써 내린 연서

기억의 샘물을 마시며
차가운 밀물을 받아들이고
세상 모든 상념을 뒤져
시를 쓰는 그대에게

한그루 나무로 서서
그리움으로 가슴이 타는데
같이 앓아 줄 수 없음을 어쩌랴

빛나는 보석들은 언제나
순결한 바다 깊은 곳에 누워있고
꽃들은 인적 없는 황야에서
아름다움을 헛되이 보내고

핑크빛 꿈 강물에 띄워
새 봄을 몰고 온 그대에게서
푸른 하늘 냄새가 난다

사과나무

여름 햇덩이 떠안고
거센 바람 얻어맞고도
안도의 숨 쉬는 빗소리에
마음 절로 들떠 설레다가

생각의 키를 늘려
큰 그늘 만들어 놓고
단단하게 자란 마디마디
힘 다해 정신을 채우던 날

아직 설익은 낯빛으로
밤새 뒤척이더니
청신한 기운 받들어
붉으레한 가슴 떠안는다

비채 길 따라 걷다

가슴을 앓던 붉은 단풍들
바람결에 사락사락 가을을 내려놓고
엉클어진 마른 칡넝쿨 사이로
바위틈에 홀로 서있는 소나무

풀벌레도 보이지 않는 은행나무 빈가지
휑한 숲에서
갈색 낙엽들 빈 몸으로 뒹굴고
허공에 매달은 마음 사이로
야윈 그림자 길게 늘어뜨린다

나무 사이 떠돌던 바람
가슴 언저리에 깊게 맺히고
한자락 맑게 투영되는 햇살은
적요 속 정적으로 묻어나는데

이파리 떨어진 우듬지에서
온화한 둥지로 날아간 새들이
말없이 떠나간 그 자리에
자박자박 발걸음 내딛는다

땅속에 영혼 묻고
긴 동면에 들어간 나무들이
청정한 향기만 퍼담아
정상 산마루턱에
깊은 사색으로 걸터 앉아

기척 없는 순례자 걸음으로
산천에서 고향 지키는 사람들
달처럼 너그러운 품에 안겨
아작아삭 깨물딘 동심이
고운 설렘을 불러들인다

수초 섬

세속의 징검다리 건너
내안의 나를 버리고
쪽빛 물속 들여다 보면

햇살도 쉬어가는 호숫가
하늘과 땅의 힘 빌려
깊이 울리는 쉼터에서

온순하고 따뜻한 윤슬로
목적 없는 쪽배 타고
구겨진 맘 편편히 편다

목발을 짚다

푸른 몸 속 실핏줄
깊은 곳 발목에 금이 가고
비장하게 울다가

실랑이에 지친 기억 너머
낮은 생각을 묻어두고
회심에 젖을 때

가야할 길 더 멀어지는
가파른 암벽에서
밤의 끝자락 홀로 붙잡고

모진 시간 견딘 만큼
깨진 항아리 안에
볕이 드는 날
스스로 등불을 켜리라

음악이 내게 안기다

골방에 홀로 갇힌 풀잎
뒷걸음질 뿐인 일상에서
생각이 절뚝일 때

청아하게 뛰노는 음표들과
허공을 향해 목청 곱게 뽑아
지친 고단함을 걷어낸다

칠흑 같은 밤을 한데 모아
별처럼 밝아진 마음
흥겨운 꽃 장단에 맘 맞추고

마르지 않는 상상으로
커다란 미소 한 가닥 건져
완전한 평온을 들여앉힌다

다도

뜨거운 불꽃으로
자기 몸 달궈낸 찻잔
그 높이만큼 떨어지는
청아한 물소리

공수래공수거의 허허로움
상념을 먼지처럼 날리고
침묵 한 자락 껴안는다

이별 예감

혼돈의 기억 속으로
냉기 가득한 침묵
꽃 지고 난 뒤, 정적

찬바람 등진 나목은
말이 없고
잊을수록 깊이 스며드는
기척 없는 발걸음

꽃샘추위

봄이 스며들기까지
지독한 꽃몸살 하는 나
가을비에 젖는 나이에
무슨 꽃을 피우고자

꿈길에서 두리번거리다가
선잠에서 깨어나고
뼈마디가 삭아 내리는가

섬

가파른 바닷가
세파에 시달린 거친 바위
외풍 바람막이로 서서
먼 바다 풍랑 잠재우고
하나 되어 펼치는 수평선

분재

산사에서 가부좌 틀고
체온을 얼기설기 엮어
입맞춤으로 속 맘 다지고

세찬 마파람에도
서러움 즈려밟아
그리운 미소를 띠운다

냉가슴 앓을 때마다
속가지 노출로
파르르 떨고 있는 잔가지들

생각을 칭칭 묶어
신발 끝에 사연을 매달아
애절하게 꽃을 피워낸다

수채화처럼 살고 싶다

눈물에 젖은 흰나비
남루한 옷자락으로
서리꽃 진자리 매화 꽃 피고

대나무 잎새마다
새로운 피 흘려
조촐하게 피어 오른 가슴
참회를 낙엽 속에 묻는다

한줄기 소나기 같은
봉황새 한 마리
깨끗한 베옷자락 건네주며
그리움을 수틀에 짜내고

따뜻한 아궁이가 있는 곳에서
헛된 것들 떼내버리고
꽃동산을 들여 놓는다

들 풀

장대비에 온몸을 두들겨 맞고
더운 숨 참아 내며
가느다랗게 애타는 소곤거림

우리의 생은 천둥처럼 울리는
난타의 향연인가
울지 않고 피는 꽃이 없다는데

하늘을 붙들고 싶은 마음
간절하지만
꽃이 진 자리엔
별의 빗방울이 다시 고인다

대접

토담 너머로 보이는 들녘
대청마루에 앉아
낯익은 세간살이에 정붙여
배고픔을 쫓아 다니다가

달빛 차오르는 하늘가에서
정안수 한 사발 떠 담아
서리꽃 피워 내시던 어머니

반듯하게 살아온
패인 주름살 위에
스스로 낮추는 평안으로
목적 없는 종이배를 타고

깊이가 보이는 사발 속
따스한 심장 속에 스며들어
눈물을 섞어 허허롭게 담는다

새해의 꿈

하늘이시여
새해에는
푸른 하늘 새들의
자유로운 유영을 바라보며

상처 난 꽃잎 위에도
벌 나비가
희망찬 날갯짓 하게 하시고

작게 스며드는 밝은 빛으로
어둠의 깊은 잠에서
깨어나게 하소서

새해에는 부디
지상의 가장 낮은 곳까지도
옹달샘 맑은 물을 떠서
서로에게 마셔주며

하늘과 땅 사이
이슬 한 방울까지도
충분히 나누어 갖게 하소서

몸으로 겸손한 나무
시를 태동하다 다시 바람 앞에서...

이화엽 | 문학평론가 · 월간 곰단지야 발행인

황지우 시인의 많은 시들이 생각났다. 제 자세를 흩트리지 않고 이 지표(地表) 위에서 가장 기품 있는 소나무, 머리에 눈을 털며 잠시 진저리친다는 소나무에 대한 예배는 박주영시인의 나무 단상 안에서 얼마든지 일어나는 경건한 의식이다. 예배는 그녀가 특히 나무를 섬기면서 그의 온전한 나무의 심성을 닮아가고 있음은 이를 향한 어질고 부지런한 시에서 읽어낼 수 있다. 오늘도 나무에게 다가가는 시인의 나무는 온통 그가 발현하는 자료로부터 생성된다. 그리고 완성을 향해 있다.

바람이라는 원료와 햇살, 별들의 빛, 틈틈이 쏟아지는 이슬의 근원으로부터 그녀의 일기는 비롯된다. 당신의 발끝이 시작하는 사막으로 가서 다시 나무 심기이다. 시작하는 노동으로 관계가 일어나는데 목마른 언덕에서 자아와 사랑을 갈구하는, 그러나 시인에게는 태고 적부터 그들이 인연이었을 것이란 진리를 믿으며 무뚝뚝하고 구겨진 심장을 펴내는 일이다.

사랑의 소명이다. 그것이 무한하다는 것은 나무의 새벽부터 저녁 이르기까지 자기의 온몸으로 나무가 된다 / 아아, 마침내, 끝끝내 / 자기 몸으로 / 꽃피는 나무를 황지우의 나무의 시가 겹쳐지는 시인의 나무 신앙이다. 겸손한 사랑은 섬세한 자세에서 비롯됐으며 가슴이라는 찬란한 언어는 흐름이다. 동사와 인칭의 관계가 자연스럽게 행보를 같이하며 시간의 길 위에서 다른 길을 태동해 내고 있다. 함께 걸어가는 우리의 길이다.

어느 것도 위로가 되지 않을 때
우물 앞에서도 늘 목이 말라
가슴이 무너져 내리는 나는
물의 출발지가 어디인지도 모르게
흘려 보냈다

돌아앉은 꽃들이 입을 다무는 동안
더 낮은 곳에 뿌리를 내려
기약 없는 것들에게 정성을 쏟아 붓고
겨우 얻어낸 따뜻한 언어들
                    - '다시, 바람 앞에 서다' 중에서

　출판사가 시인의 경영하는 시 밭으로 직접 찾아가는 건 드문 일이다. 기억하는 추억들이 낱알로 흩어지기 전에 이를 수런수런 모아 하나의 결정체를 이룬 시인의 장소다. 서쪽하늘에 웅크린 노을을 활짝 퍼트려 시의 우주를 태동하는 까닭으로 그는 나무를 위한 기도에 기인하고 있다는 판단에서다. 다시 돌아앉은 바람 앞에서 그가 뒤돌아 본 건 무엇보다 그녀가 부르는 목소리 때문이다. 별과 별빛 사이를 같이 걷자고, 더 낮은 낮은 곳으로 흘러 물길이 되자고, 골목에 이르렀을 때 비로소 바람의 너와 마주쳤던 이유이다. 다시 바람 앞에 서서…

다시, 바람앞에 서다

발행일 : 2019.09.30
지은이 : 박주영
펴낸곳 : 도서출판 곰단지
펴낸이 : 이화엽
편집 : 이문희
디자인 : 이수미
주소 : 경남 진주시 동부로 169번길 12 윙스타워 A동 1007호
TEL : 070-7677-1622
FAX : 070-7610-7107
가격 : 12,000 원